Louise I

Sophie

es grands moyens

Illustrations
de Marie-Louise Gay

la courte échelle
Les éditions de la courte échelle inc.

Les éditions de la courte échelle inc.
5243, boul. Saint-Laurent
Montréal (Québec) H2T 1S4

Conception graphique de la couverture:
Elastik

Conception graphique de l'intérieur:
Derome design inc.

Dépôt légal, 1er trimestre 2001
Bibliothèque nationale du Québec

Révision des textes:
Lise Duquette

La courte échelle bénéficie de l'aide du ministère du Patrimoine canadien dans le cadre de son Programme d'aide au développement de l'industrie de l'édition. La courte échelle est aussi inscrite au programme de subvention globale du Conseil des Arts du Canada et reçoit l'appui du gouvernement du Québec par l'intermédiaire de la SODEC.

La courte échelle bénéficie également du Programme de crédit d'impôt pour l'édition de livres – Gestion SODEC – du gouvernement du Québec.

Données de catalogage avant publication (Canada)

Leblanc, Louise

Sophie prend les grands moyens

Éd. originale: c1998.
Publ. à l'origine dans la coll.: Premier roman

ISBN 2-89021-463-X

I. Gay, Marie-Louise. II. Titre. III. Collection.

PS8573.E25S6655 2001 jC843'.54 C00-942060-6
PS9573.E25S6655 2001
PZ23.L42Soc 2001

Louise Leblanc

Née à Montréal, Louise Leblanc a d'abord enseigné le français, avant d'exercer différents métiers: mannequin, recherchiste, rédactrice publicitaire. Elle a aussi fait du théâtre, du mime, de la danse, du piano et elle pratique plusieurs sports.

Depuis 1985, elle se consacre à l'écriture. Sa série Léonard, publiée dans la collection Premier Roman, fait un malheur auprès des jeunes amateurs de vampires. *Deux amis dans la nuit*, le deuxième titre de la série, a d'ailleurs remporté le prix du livre de jeunesse Québec/Wallonie-Bruxelles 1998. Son héroïne Sophie connaît aussi un grand succès. En 1993, Louise Leblanc obtenait la première place au palmarès des clubs de la Livromagie pour *Sophie lance et compte*. Plusieurs titres de cette série sont traduits en anglais, en espagnol, en danois, en grec et en slovène. Louise Leblanc est également auteure de nouvelles et de romans pour les adultes, dont *371/2AA* qui lui a valu le prix Robert-Cliche, et elle écrit pour la radio et la télévision.

Marie-Louise Gay

Née à Québec, Marie-Louise Gay a étudié à Montréal et à San Francisco. Depuis plus de vingt ans, elle dessine pour des revues destinées aux enfants, et elle écrit et illustre ses propres albums. Auteure de la pièce de théâtre pour les jeunes *Qui a peur de Loulou?*, elle en a créé les costumes, les décors et les marionnettes. Son talent dépasse les frontières du Québec, puisque l'on retrouve ses livres dans plusieurs pays à travers le monde. Elle a remporté de nombreux prix prestigieux dont, en 1984, les deux prix du Conseil des Arts en illustration jeunesse, catégories française et anglaise, et, en 1987, le Prix du Gouverneur général.

De la même auteure, à la courte échelle

Collection Premier Roman

Série Sophie:

Ça suffit, Sophie!
Sophie lance et compte
Ça va mal pour Sophie
Sophie part en voyage
Sophie est en danger
Sophie fait des folies
Sophie vit un cauchemar
Sophie devient sage
Sophie prend les grands moyens
Sophie veut vivre sa vie

Série Léonard:

Le tombeau mystérieux
Deux amis dans la nuit
Le tombeau en péril
Cinéma chez les vampires
Le bon, la brute et le vampire
Un vampire en détresse

Louise Leblanc

Sophie prend les grands moyens

Illustrations
de Marie-Louise Gay

la courte échelle

À Rita Spickler
aux mille facettes précieuses.

1
Sophie doit s'habiller

Je suis désespérée! J'ai beau regarder partout dans ma garde-robe, rien! Je n'ai aucune tenue convenable pour aller à l'école.

Ce n'est pas compliqué, j'ai l'impression de fouiller un site archéologique. Je ne vois que des loques datant de l'Antiquité.

Un pull à pois et une chemise à fleurs. Dire que je les ai portés. Incroyable.

Des t-shirts en ruine. Des chaussures préhistoriques. Des jeans fendus aux genoux. Plus démodé, on t'expose dans un musée.

Et les autres vêtements ne me font plus. Quand je les porte, j'ai l'air d'une saucisse trop grosse pour son petit pain. Et je me sens énorme.

— SOPHIE! crie ma mère d'en bas. Que fais-tu? Tu vas encore partir le ventre vide. Et tu...

Tant mieux, il sera moins gros!

— ... Puis tu finiras par attraper le rhume!

C'est certain! Parce que je vais sortir toute nue, je n'ai rien à me mettre! Le... rhume! J'ai le rhume. Je ne peux pas aller à l'école!

Pendant que je descends l'escalier, je deviens de plus en plus malade. Je prends un air misérable et je commence à renifler. En entrant dans la cuisine, je suis mourante.

— Encore en pyjama! gronde mon père. Remonte t'habiller. Et vite!

— Puisqu'elle est là, autant qu'elle mange, décide ma mère. Laurent! Donne une de tes rôties à ta soeur.

— Pourquoi moi? proteste Laurent. Pourquoi ce n'est pas Julien qui...

— C'est ta quatrième rôtie et j'en suis à ma deuxième, répond Julien.

— C'est injuste! maugrée Laurent. Parce que Sophie dort plus, je mange moins.

Je n'en reviens pas! Ils sont tous aveugles!

— Vous ne voyez pas que je suis malaaade!

— Non, dit Laurent.

— Allons donc! réagit ma mère en plaquant aussitôt sa main sur mon front.

Sa main-thermomètre, qui est

infaillible:

— Tu n'as pas un degré de fièvre!

— Mais je suis faiiiiible...

— On en reparlera quand tu auras mangé!

Grrr! Je m'assois à côté de Bébé-d'amour. Elle patouille dans sa purée de bananes, inconsciente des problèmes de l'existence.

Parfois, je l'envie, je me dis... PLOC! La rôtie de Laurent vient d'atterrir dans mon assiette. Raide et froide. Je vais me plaindre quand j'entends:

— Il faudrait acheter des vêtements à Julien. Et à Bébé-Ange, aussi.

C'est scandaleux:

— À Bébé-Ange!? Elle ne va pas à l'école!

— Et alors? s'étonne mon père. Ce n'est pas une raison pour la laisser nue.

— Elle a moins besoin de vêtements que moi. Et Julien peut hériter de ceux de Laurent.

— J'aurai enfin des habits neufs, s'exclame Laurent. J'en ai assez de porter les vieilles affaires de Sophie.

— Je ne peux pas mettre les tiennes! Ce n'est pas ma faute si je suis la plus grande!

— Ni la mienne si je suis petit, se fâche Julien.

La discussion s'enflamme. La fièvre monte dans la cuisine. Elle est stoppée par la voix-thermomètre de mon père, qui est infaillible:

— ÇA SUFFIT!

La fièvre retombe d'un coup.

— Je vois que tu as retrouvé ton énergie, me dit ma mère. Monte t'habiller.

— Je n'ai rien à me mettre!

— Oh si! Regarde dans la corbeille à lavage.

— Hein! Tu veux que je porte du linge sale!

— La corbeille est pleine de linge propre. Tous ces vêtements que tu essaies, que tu laisses traîner et que tu mets ensuite à laver. C'est de l'excès de propreté et d'égoïsme. Et cet abus concerne tout le monde! ajoute-t-elle en fixant mon père.

Pour échapper à ses reproches, mon père m'entraîne en disant:

— Je vais t'en trouver, moi, des vêtements!

GRRR!

2
Sophie est prête à tout

Mon père n'a aucune psychologie. Il m'a dit que je faisais un drame pour rien. Si vous voyiez comment il m'a déguisée!

Dès mon arrivée à l'école, le cauchemar commence.

— Salut pot de fleurs!

C'est Marcelin, le petit pomponné! Il porte tous les trucs à la mode. Il a l'air de...

— Salut l'arbre de Noël!

Et toc! le bébé gâté. Quand même, je ne me sens pas mieux. Vous savez ce que mon père a retiré du panier à linge? Un collant à rayures! Avec ma chemise à fleurs, c'est...

— C'est épeurant, m'a envoyé Laurent.

— Plutôt... électrique, a dit Julien. Quand on la regarde, on reçoit un choc.

Ils se sont éloignés de moi comme si j'avais des puces. Je me retrouve au milieu d'un espace vide. On doit me voir de partout.

Le pire, c'est que ma chemise est trop courte. Et que mes fesses dépassent. Je les déteste. Deux ballons! Qui gonflent les rayures de mon collant et les font pâlir de honte.

Aïe! J'aperçois les membres de ma bande. Je ne pourrai pas leur échapper toute la journée. Aussi bien les affronter maintenant. Je les rejoins en longeant le mur de l’école.

Je me prépare à entendre des horreurs!

Ah non!? Personne ne dit un mot. Je crois qu’ils sont sous le choc... électrique. Ils ont la bouche tordue et les yeux fixes comme des prises de courant.

Mais ils reviennent vite à la vie:

— Tu as mis ton costume d'Halloween?

— Tu as l'air d'une grosse poupée!

— C'est une imitation de Mme Cantaloup? Si tu voulais te payer la tête du professeur, tu aurais dû nous en...

Je ne veux plus les entendre. Ils sont trop méchants! Pires que Marcelin. Avec des amis comme eux, je n'ai pas besoin d'ennemis.

Pendant un instant, j'ai l'impression que le temps s'arrête. Je les regarde l'un après l'autre. Et je leur en veux, oui!

Tanguay, le fils du dépanneur, toujours à se goinfrer. Et il est aussi mince qu'un fil de céleri.

Lapierre, le dur de la bande. Il est grand, fort et sûr de lui. Il s'habille comme il veut! Personne ne fait de commentaires.

Clémentine, la parfaite, qui est si délicate! Elle peut porter n'importe quoi, tout lui va. Elle passe inaperçue, la petite souris.

Alors que moi, je crève les yeux! Surtout aujourd'hui. Je sens des larmes rouler au bord de mes paupières. Je...

— Sophie! On ne voulait pas te faire de peine! C'était pour rigoler, dit une voix de souris désolée.

Puis je reçois une claque dans le dos. C'est Lapierre qui me console à sa façon:

— Tu ne vas pas chialer! Pas toi, grosse tête!

— Tu veux du chocolat?

m'offre Tanguay. Ça fait du bien là où ça passe!

J'avale le chocolat. Un morceau de velours qui me réchauffe le coeur. J'ai retrouvé mes amis!

— Tu veux nous expliquer ce qui t'arrive? demande Clémentine.

Je leur raconte les événements du petit déjeuner. En amplifiant le comportement... inqualifiable de mon père et de mes frères.

Ils sont scandalisés!

— Tu vis le drame d'une grosse famille, déplore Tanguay en ouvrant un sac de chips. Je ne vois pas ce que tu peux faire. À moins de zigouiller ta soeur et tes frères.

— Ça ne réglerait pas mon problème actuel, dis-je d'un ton

préoccupé, tout en prenant quelques chips.

— Tu n'as qu'à mettre mon blouson!

Là, je suis contente que Lapierre soit grand. Parce que son blouson couvre mes fesses!

— Garde-le jusqu'à demain.

Tes parents comprendront que tu as besoin de vêtements.

— Pas sûr! Les parents décodent rarement nos messages, dit Clémentine. Il y aurait un moyen plus convaincant, si tu es prête à tout.

— Certain, fiou!

Clémentine m'expose son plan...

Je n'aurais jamais cru que la p'tite parfaite pouvait avoir une idée aussi délinquante! Même moi, je n'y aurais pas songé.

3
Sophie passe à l'action

Laurent et Julien se sont assis loin de moi dans l'autobus. Je les entends rire. Je pense aux paroles de Clémentine:

— Tu ne peux pas avoir toute la famille contre toi. Tu dois d'abord te faire un allié.

C'est le moment d'agir, l'autobus s'arrête. Mes frères descendent et courent vers la maison. Je rattrape Laurent avant qu'il entre:

— Il faut que je te parle. C'est pour ton bien.

Il me regarde d'un air méfiant. Je lui dis:

— Tu en as assez de porter mes guenilles?

— Quelle question! Évidemment!

— Alors, écoute...

Les yeux de Laurent doublent de volume.

— Tu es folle!?

— Tu veux des vêtements neufs, oui ou non?

Je crois que Laurent a besoin d'un choc... électrique:

— Ne viens pas te plaindre quand tu porteras mon collant à rayures!

Il avale de travers. Je considère sa réaction comme une acceptation de ma proposition.

***

Ma mère nous dit bonjour distraitement. Elle est occupée à

faire une tarte. Elle ne remarque même pas le blouson de...

— Sophie! Tu sais que je déteste ces emprunts. Tu remettras le blouson à son propriétaire dès demain.

Ma mère n'a pas pris conscience de mon drame vestimentaire. Clémentine a raison: les parents ne savent pas lire nos messages.

— Je monte faire mes devoirs, annonce Laurent en me lançant un clin d'oeil complice.

Je vais le suivre lorsque ma mère m'arrête:

— J'aimerais que tu fasses manger Bébé-Ange. On a des invités, ce soir. Et je suis un peu bousculée.

Grrr! J'enfourne une cuillerée de purée entre les lèvres de

Bébé-Ange. Les joues toujours pleines, elle crie:

— ... CAAARE!... CARE!

C'est-à-dire: encore, encore! J'obéis avant qu'elle hurle. Incroyable ce qu'elle peut bouffer! Je devrais la mettre en garde. Et passer un nouveau message à ma mère.

— Tu seras énorme plus tard,

Bébé-Ange. Et malheureuse! Car c'est terrible pour une fille...

— ... CAAARE!

— Oui, oui!... D'avoir des grosses fesses. Tu ne pourras pas t'habiller à la mode. Et tes amis riront de toi.

Ma mère ne semble pas entendre. Elle pétrit énergiquement sa pâte dans un nuage de farine. Selon moi, elle en a dans les oreilles.

— Et ta MÈRE ne comprendra pas la tragédie que tu... Bon, inutile. Fini, Bébé! A pus purée!

— Je m'en occupe, j'ai terminé, déclare ma mère. Mamie sera contente, c'est sa tarte préférée.

— Mamie!?

— Elle vient manger avec un ami, je te l'ai dit.

Ce n'est pas ce que ma mère a

dit. Mais je perdrais mon temps à la convaincre. Je ne gagne aucune discussion avec elle. Puis je dois réfléchir avant de rejoindre Laurent.

Mamie serait peut-être une meilleure alliée que lui. Elle est toujours habillée à la mode! Elle comprendra ma situation et elle me fera un cadeau. Par contre, elle ne peut pas renouveler ma garde-robe.

— PSSST! me fait signe Laurent.

Je vais le retrouver dans la salle de bains.

— J'ai déjà vidé la corbeille, chuchote-t-il.

Une montagne de linge jonche le plancher.

— J'ai pris deux taies d'oreiller. On va y mettre nos vêtements pour les transporter. Grouille, avant que Julien nous surprenne!

Je n'ai jamais vu Laurent aussi décidé. Il a dû être... traumatisé par le collant à rayures.

Nos poches de linge sur le dos, on descend l'escalier. On passe devant la cuisine comme des voleurs. Et on se précipite au sous-sol.

— Tu te rappelles les indications de Clémentine? s'inquiète Laurent.

— Il faut laver à l'eau chaude. Plus elle sera chaude, plus nos vêtements vont rapetisser.

— Et plus Julien aura de linge à porter!

On pouffe de rire tous les deux.

— Vous n'êtes pas gentils!

Vous faites des plans sans moi. Mais j'ai tout compris.

Julien est là, une poche de linge sur l'épaule. Laurent et moi, on s'interroge des yeux. Qu'est-ce qu'il a compris, le petit génie?

— Vous faites un lavage pour aider maman. Moi aussi, je veux l'aider. Je veux laver mes...

— D'accord, d'accord!

Devant le regard ahuri de Laurent, je dis:

— On n'a pas le temps de discuter. Maman peut descendre. Allez! On lave tout! Vite!

Les trois taies d'oreiller vidées, la machine est bourrée à craquer.

— Tu as oublié le savon! s'exclame Julien.

— C'est inutile, s'impatiente

Laurent.

— Il faut du savon pour laver, s'entête Julien.

Il s'empare de l'énorme boîte. Il se lève sur la pointe des pieds et déverse le détergent dans la machine. La moitié de la boîte y passe.

Pour calmer Laurent, je lui glisse à l'oreille:

— C'est encore mieux que Julien participe. Si ça tourne mal,

il pourra témoigner de notre bonne foi. Et comme ses vêtements aussi rapetisseront, ils iront très bien à Bébé-Ange.

— Les parents n'auront pas à lui en acheter! Pas plus qu'à Julien. Une pierre deux coups! Ouais, c'est fort...

4
Sophie s'arrête à temps...

DING! DONG! DING! DONG!

C'est Mamie! Je me précipite dans l'entrée. J'ouvre la porte et là, je reçois un choc terrible. Mamie a vieilli de trente ans.

Elle qui est toujours pétillante de couleur, elle porte une robe... brune! Et elle a les cheveux aplatis. Je ne la reconnais plus.

Elle me présente M. Amédé Crépeau. Plus ratatiné que ça, tu es vide. L'ami de Mamie est une momie, il n'y a pas d'autre mot.

Laurent reste bouche bée, l'air ahuri, devant M. Crépeau. Et quand Mamie le présente à

Julien, celui-ci répond:

— Ennn... chanté, monsieur Craaapaud.

Mes parents semblent inconscients de la situation. Ils agissent de façon normale. Mon père nous dit de rester tranquilles. Et ma mère me demande de m'occuper de Bébé-Ange.

On passe tout de suite à table parce que... le crapaud a l'habitude de manger tôt.

Mamie raconte la vie de son vieil ami. Pour me distraire, je pense au tour de magie qui se déroule au sous-sol. La machine à laver est en train de fabriquer des vêtements à Julien et à Bébé-Ange. Abracadabra!

Je me vois au magasin, essayant ce qui me fait envie. Les nouveaux jeans à taille basse! Il faudrait que je perde mon bedon. Je vais arrêter de manger...

— Sophie! Tu reviens à table

avec nous! Ta grand-mère veut nous annoncer une nouvelle.

Mamie est debout et elle lève son verre:

— Buvons à la santé d'Amédé et... à notre mariage!

Quoi? Mamie se marie! Et avec ce... fossile! Cette nouvelle me fait l'effet d'une bombe.

POWWW!

On vient d'entendre une explosion! Sous le choc, personne ne réagit, sauf Julien. Il dit d'un ton effrayé:

— C'est à cause de l'abus de propreté et d'égoïsme. Et ça concerne tout le monde. Alors on a lavé le linge qui n'est pas sale. Et on n'a pas oublié le savon et il ne faut pas nous disputer. Snif!

Dans les circonstances, je trouve que Julien nous a bien défendus. Je n'ai rien à ajouter.

Mes parents veulent en savoir plus. Ils se précipitent au sous-sol, suivis de Laurent, Julien et Mamie. Je me retrouve seule avec Bébé-Ange, qui somnole. Et Amédé Crépeau... qui ronfle! Je n'en reviens pas.

— Youhou!

Il n'entend pas. Il ronfle encore. J'aurais envie de le réveiller en sursaut. Je ne le fais pas, fiou! Puis j'entends les autres revenir.

Vous savez ce qui est arrivé? Le paquet de linge a absorbé l'eau du lavage. Avec la montagne de savon, ça a fait de la pâte. La machine a forcé et son moteur a explosé.

Ma mère est sur le point d'exploser à son tour. Mais elle garde son calme pour ne pas gâcher la soirée de Mamie.

Je ne lui demande pas si les vêtements ont rapetissé. Quand on fait une bêtise, il faut s'en rendre compte et savoir s'arrêter à temps!

— Aaaah!

Le crapaud se réveille enfin! Pauvre Mamie, elle mourra d'ennui si elle se marie avec lui. Elle a déjà vieilli de trente ans. Elle s'apprête à faire une bêtise et elle ne s'en rend pas compte.

Je ne comprends plus rien à Mamie...

5
Sophie en apprend!

Ce matin, ma mère a perdu son calme. Elle avait commencé à démêler les vêtements.

J'ai remis mon collant sans regimber. D'ailleurs, il n'est pas si mal. J'ai dû maigrir, je n'ai pas mangé depuis hier. Pour calmer ma faim, je vais piquer des chips à Tanguay.

Le voilà justement avec toute la bande.

— Tu me donnes à bouffer, Nicolas?

— Euh... je n'ai rien à t'offrir.

— Tu as toujours de quoi nourrir l'école!

— Je ne mange plus de friandises.

— Tu veux maigrir, toi! Tu n'auras plus à ouvrir les portes, tu pourras passer dessous.

— Il ne veut pas maigrir, intervient Lapierre. Il arrête les friandises pour faire disparaître ses...

— Ferme-la, hurle Tanguay en rougissant. Ou j'arrache tes grandes oreilles.

Lapierre devient rouge aussi et saute sur Nicolas. Je regarde Clémentine, abasourdie:

— Pourquoi se battent-ils? Qu'est-ce que Tanguay veut faire disparaître?

— Ses boutons dans la face!

— Quoi! Ses deux trois petits boutons?

— Pour lui, ce sont des montagnes. Et Lapierre ne supporte pas qu'on parle de ses grandes oreilles. Il est complexé.

— Lapierre, complexé!? Je n'en reviens pas.

— Évidemment, tu ne peux pas comprendre, me jette la souris d'un ton agressif.

Qu'est-ce qu'il lui prend? Elle ne va pas me sauter dessus, j'espère! Elle fait du karaté. Puis je me demande ce qu'elle veut dire:

— Que veux-tu dire?

— Que tu es sûre de toi. Que tu n'as pas à rougir parce que tout est correct chez toi.

— Pas mes fesses! Elles...

— J'aimerais bien les avoir. Les miennes sont plates comme des râpes à fromage.

— C'est normal, pour une souris!

Ça m'a échappé! Clémentine va se fâcher, c'est certain. Ah non! Elle éclate de rire. Et moi aussi. Ça fait du bien, fiou!

— Je crois qu'on a tous peur de ne pas plaire aux autres, réfléchit Clémentine.

— Même ma grand-mère!

C'est ça! Elle a changé pour plaire à son ami. Tellement, que je ne l'ai pas reconnue.

Je raconte la soirée d'hier à Clémentine.

— Alors, si elle se marie avec le crapaud, elle voudra toujours lui plaire. Et elle ne sera plus JAMAIS elle-même! Je dois la prévenir!

— Elle ne t'écoutera pas. Ta grand-mère est sûrement aveuglée par l'amour pour marier un... crapaud. C'est à lui qu'il faut faire changer d'idée.

— Il ne m'écoutera pas plus!

— Il y aurait un autre moyen, si tu es prête à...

— Je suis prête à tout pour aider Mamie.

Clémentine m'expose son plan. Il est plus tordu que le

premier. J'en reste baba!

— Sac-à-sucre! Tu vas crever, crie Lapierre.

— Je vais te scalper, hurle Tanguay.

— Il faut intervenir avant qu'ils s'étripent, soupire Clémentine.

La souris s'élance pour séparer les deux coqs. Même si elle

fait du karaté, il faut qu'elle soit courageuse. Je vais lui dire qu'elle m'épate.

Moi, je suis contente de savoir que les autres me trouvent bien. C'est vrai que je ne suis pas mal. Quand même, je serais mieux si j'étais un peu plus maigre.

6
Le meilleur plan de Sophie

Pour réaliser l'idée de Clémentine, j'ai encore besoin d'alliés. J'ai convoqué mes frères dans ma chambre.

— AAAHJET'AIIIIMEEEAAAH!

Mes parents écoutent un opéra. C'est une musique qui n'en finit plus! On sera tranquilles. Je ferme la porte et j'aborde aussitôt le sujet:

— Il ne faut pas que Mamie se marie. Ce serait désastreux pour elle.

— Et pour toi! s'exclame Laurent. Tu es son petit chou. Pour nous, ça ne change rien.

— On aurait une autre gardienne, dit Julien. Une étrangère sévère! Qui m'empêcherait de regarder trois fois *Tintin sur la lune*! Je n'en veux pas, mille millions de tonnerre de braise.

— C'est vrai qu'on a la vie belle avec Mamie, réfléchit Laurent. Mais comment l'empêcher de se marier?

— En jetant un sort au crapaud! Pour qu'il oublie Mamie et le mariage. Pour que tout ça disparaisse de sa tête.

— Il faudrait être magiciens, observe Laurent.

— On va le devenir, dis-je, mystérieuse.

Laurent et Julien sont subjugués. Parfait!

— D'abord, on a besoin d'une poupée de tissu. Celle-ci fera

l'affaire.

— Le professeur Tournesol! Ah non! proteste Julien. Je ne veux pas qu'on lui fasse mal.

— C'est une poupée, idiot, rigole Laurent.

Je le fusille du regard. Et je rassure Julien:

— Si on la déshabille, ce ne sera plus Tournesol, d'accord?

Julien enlève les vêtements du Professeur. Je dépose la poupée de chiffon sur le lit:

— Ensemble, il faut penser très fort qu'il s'agit d'Amédé Crépeau. Je vais lui jeter un sort en piquant la poupée avec des épingles. Vous répéterez après moi: AHUM! AHUM!

— Qu'est-ce que ça veut dire? demande Laurent.

— Rien! C'est un moyen de

nous concentrer pour augmenter notre pouvoir. Il faut y croire! Maintenant, silence! Je commence.

Je prends une épingle et je pique l'oreille gauche de la poupée:

— Amédé Crépeau! Que le souvenir de Mamie sorte de ta mémoire! AHUM! AHUM!

— AHUM! AHUM! répètent mes frères.

Je fais la même chose avec l'oreille droite. Puis avec les jambes et l'abdomen, où je pique plusieurs épingles. Je termine par la tête:

— Amédé Crépeau! Que l'idée du mariage sorte de ton esprit pour toujours! AHUM! AHUM!

— AHUM! AHUM! entonnent

mes frères.

La cérémonie est finie. Mais le silence est lourd. Il est rompu par la voix craintive de Julien:

— Il ne mourra pas, hein, Sophie? Tu n'as pas piqué le coeur?

— Non, regarde.

Je me rends compte que la poupée est une véritable pelote d'épingles. Selon moi, le coeur a été atteint. Je tranquillise quand même Julien:

— On n'a pas souhaité la mort d'Amédé Crépeau! Seulement qu'il perde un peu la mémoire. Allez dormir en paix.

J'ouvre la porte de ma chambre et...

— AAAHJEMEURRRSAAARRR...

— L'opéra est fini! Vite dans vos chambres avant que les parents montent.

Julien et Laurent s'enfuient. Fiou! Je suis contente que tout soit terminé. Je suis épuisée. C'est fati... jeter... sort... crapaud...

***

Le petit déjeuner se déroule dans le calme. Sans doute parce que c'est samedi. Mais il y a une atmosphère bizarre. Comme avant un orage. Je n'ai pas faim, même si je n'ai pas mangé depuis...

DING! DONG! DING! DONG!

— Qui ça peut-il être? maugrée mon père.

— Je vais répondre!

Je me précipite dans l'entrée, trop contente d'échapper à l'ambiance de la cuisine. J'ouvre la porte et je découvre... Mamie!

— J'ai une nouvelle à vous annoncer, me dit-elle.

Je la suis à la cuisine. Elle demande un café à ma mère. Puis elle murmure:

— Ce matin, j'ai reçu un appel du foyer où habite Amédé.

Il est mort cette nuit.

— Je suis... désolé, bredouille mon père.

Julien panique complètement:

— C'est la faute de la gardienne sévère. Et on n'en voulait pas! Alors on a pris le professeur Tournesol et on a déshabillé Amédé Crépeau. Et on l'a piqué avec des épingles. AHUM! AHUM! Pour lui jeter un sort, mais pas la mort! Et il ne faut pas nous disputer. Snif!

Dans les circonstances, je trouve que Julien nous a bien défendus. Je n'ajouterai rien parce que je... tombe... dans les pomm...

***

— Sophie! Ça va mieux?

Mamie est venue me retrouver dans ma chambre. Elle doit m'en vouloir.

— Tu as subi un choc, mon petit chou? Je voulais te rassurer. C'était moche de souhaiter malheur à Amédé, mais tu ne l'as pas tué. Il était très malade. Il s'agit d'une coïncidence malheureuse.

Mamie n'est pas fâchée, je peux lui parler:

— J'ai jeté un sort à Amédé pour qu'il t'oublie, Mamie. Et que tu redeviennes toi-même.

Tu avais tellement changé pour lui!

— Pas vraiment, Sophie! Ma façon de m'habiller, le souper, le mariage, c'était l'idée d'Amédé, c'est vrai. Mais il savait qu'il allait mourir. Il était si seul. J'ai accepté pour lui faire plaisir. Je crois qu'il est mort heureux.

— Euh... C'est beau, fiou! Et je suis contente que tu n'aies pas changé. Surtout que j'ai...

Non, ce n'est pas le moment de raconter mes problèmes.

— Qu'est-ce que tu as, mon petit chou?

Devant l'intérêt de Mamie, je lui fais part de mon drame vestimentaire:

— ... Et pour entrer dans mes vieux vêtements, j'ai dû jeûner pendant deux jours.

— C'est insensé! se fâche Mamie. Voilà pourquoi tu as perdu connaissance. Et tu me reprochais d'avoir changé pour Amédé!

Elle se radoucit:

— Tu as fait pire, Sophie. Pour être à la mode, tu étais prête à tout. Non seulement à changer tes vêtements, mais également ton corps.

— Surtout mes fesses, Mamie!

Mamie me trouve drôle:

— Qu'est-ce que tu croyais? Les faire aussi disparaître par magie! En deux jours! Et puis, tu sais, personne n'est parfait. Il ne faut pas se rendre malade pour de petits défauts.

— On peut au moins s'habiller à la mode!

— C'est vrai que c'est agréable! Parfois même essentiel, comme... pour aller à l'école le lundi matin. Évidemment, il faudrait aller magasiner!

— Avec moi? Mamie! Tu vas m'acheter... Tu es sûre de vouloir magasiner aujourd'hui?

— Ça m'aidera à oublier ma peine. Oui... Mais avant, il faut manger. Autre chose que des chips! Allez, ouste! debout!

Je bondis de joie. J'ai une faim de loup! Quand je pense au temps perdu avec tous mes plans... insensés, je m'en veux.

Fini la magie!

Le meilleur plan, pour moi, ce sera toujours de parler à Mamie.

Table des matières

Achevé d'imprimer
sur les presses de Litho Acme inc.